D0535700

San Jose
Public Library

Texto © 2006 de Antonio Ramírez
Ilustración © 2006 de Domi

Ninguna parte de esta publicación podrá ser reproducida,
archivada en un sistema de recuperación o transmitida en
cualquier formato o por medio alguno, sin el previo
consentimiento por escrito de los editores, o sin una licencia
de The Canadian Copyright Licensing Agency (Access
Copyright). Para obtener una licencia de Access Copyright,
visite www.accesscopyright.ca o llame (libre de cargos)
al 1-800-893-5777.

Groundwood Books / House of Anansi Press
110 Spadina Avenue, Suite 801, Toronto, Ontario M5V 2K4
Distribuido en los Estados Unidos por
Publishers Group West
1700 Fourth Street, Berkeley, CA 94710

Library and Archives Canada Cataloguing in Publication
Ramírez, Antonio
Napí va a la montaña / texto, Antonio Ramírez;
ilustraciones, Domi.
ISBN-13: 978-0-88899-715-9
ISBN-10: 0-88899-715-9
1. Mazatec Indians–Juvenile fiction. I. Domi II. Title.
PZ73.R2583Na 2006   j863'.7   C2005-907892-8

Las ilustraciones fueron realizadas en acuarelas.

Impreso y encuadernado en China

A los niños y niñas, hijos de campesinos sin tierras, víctimas de la voracidad
capitalista. — Antonio

A Paulino, mi padre, y a Cirenia, mi madre, con quienes hace más de medio
siglo viví la aventura de la fundación de Nuevo Ixcatlán, mi pueblo. — Domi

Napí

va a la montaña

ANTONIO RAMÍREZ

ILUSTRACIONES

DOMI

LIBROS TIGRILLO
GROUNDWOOD BOOKS
HOUSE OF ANANSI PRESS
TORONTO   BERKELEY

"**N**apí." Hoy por la mañana mi naá me despertó diciendo: "Hija, levántate que hay que ir a la escuela". Con los ojos todavía cerrados, bostezando y estirándome a todo lo que da mi cuerpo, le pregunté si ya había regresado mi papá. Ella contestó que no, que lo andaban buscando todavía.

Y es que ayer, desde temprano, él se fue a trabajar a los cultivos del patrón y no volvió en todo el día. Es por eso que en la tarde sus amigos se reunieron bajo la ceiba que tenemos afuerita de mi casa. Todos se veían muy preocupados. Yo me acerqué por allí haciendo como que jugaba a tirar piedras al río, pero lo que quería era escuchar.

Unos decían que de seguro a mi namí lo habría arrastrado el Chicón hasta su cueva; otros pensaban que tal vez una serpiente lo pudo haber mordido; y hasta hubo quien dijo que alguien le contó que vio a unos hombres llevárselo a puros golpes y jalones.

Al escuchar aquello mi abuelo, pensativo, le chupó despacio a
su cigarro, después soltó el humo por la boca y la nariz y dijo:
"Si eso es lo que ocurrió, será porque exigimos nuestra tierra.

Así actúa el mal gobierno con todos los que no agachamos la cabeza". Y sí, así nos tratan a los pobres... bueno, esto no lo dijo mi abuelo, más bien soy yo la que lo digo, y lo digo porque lo sé.

Al final de la reunión, las gentes acordaron repartirse en varios grupos para ir a la montaña en busca de namí.

Eso sucedió ayer pero, volviendo a lo de esta mañana, les cuento que, para despertarme bien, lavé mi cara y me peiné.

Después comí tortillas con frijol y chile y tomé un poquito de
café, cogí la mochila con mis útiles y salí. Pero esta vez no fui
a la escuela. En vez de irme a clases, caminé hacia el río para
encontrarme allí con mi hermanito Niclé.

Desde hace mucho tiempo, en ese lugar, tenemos amarrada a un árbol la balsa que nos hizo mi abuelo con palos de jonote. "Esto será para diversión de los chamacos", había dicho al terminarla. Y sí, siempre que nosotros vamos a nadar, de allí saltamos al agua.

Bueno, pues junto a la balsa estábamos mi hermano y yo hoy
por la mañana; la desaté y le dije a Niclé: "Ahora sí esta será una
verdadera nave, y la usaremos para ir en busca de namí.
¿Estás de acuerdo?"

Él sonrió emocionado y luego se puso muy serio para decir: "Sí".
Entonces recogí del suelo dos tablitas que nos servirían para remar.
Bien decididos trepamos en la balsa y navegamos un buen rato río
arriba, rumbo a la montaña; pero después nos fuimos dando cuenta
que no teníamos fuerzas ya y, poco después, en medio de la lucha

por controlar nuestra barca, perdimos los remos. Fue cuando la balsa
giró y giró como loca, mientras la corriente nos jalaba río abajo.
Niclé empezó a llorar muy asustado, pero en seguida se calló porque
la nave de pronto se quedó muy quieta y comenzó a avanzar río
arriba; iba despacio pero sin detenerse.

Lo más raro era que los jonotes no tocaban el agua, parecían flotar en el aire. Extrañados, echamos un vistazo abajo y lo que vimos no podía creerlo: tres tortugas nos cargaban; nuestra balsa se apoyaba sobre sus caparazones. Yo no podía entender por qué lo hacían, hasta que noté que una de ellas tenía enredado un trapo rojo en una pata.

Entonces recordé que hace unos días rescaté a una tortuguita del
hocico de un perro hambriento y le vendé su pata herida. "¡Es ella,
es la tortuga que curé!", dije a Niclé. Al oírme el animal del trapo
rojo, cerrando un ojito, me sonrió.

Al poco rato, después de una de tantas curvas que hace el río, apareció la que llaman Playa Shcuá. Y de veras que había garzas en aquella playa; sus cuerpos hasta hacían blanquear los árboles de la ribera.

Les iba a decir a nuestras amigas que allí quería que nos dejaran,
pero ellas nos estaban orillando ya.

Mi hermano y yo brincamos a tierra y amarramos la balsa en un
arbusto; allí también colgué mi mochila. Cuando volteé hacia el
río para despedirme, ya se habían ido las tortugas.

Fue entonces cuando nos rodeó una gran nube blanca que giró
sobre nuestras cabezas. Eran garzas que volaban alrededor de
nosotros, un brillante remolino que nos envolvió mareándonos
tanto, que pronto caímos desmayados sobre la arena.

Después volví como de un largo sueño; al levantarme, sentí mis
cuatro patas bien firmes sobre la arena y comencé a correr ligera
dejando atrás el griterío de las garzas. Niclé corrió detrás de mí y
juntos nos metimos al monte, contentos de estrenar el suave
pelaje de nuestros cuerpos.

Me hicieron mucha gracia los cuernitos de venado en la frente de Niclé y, por la expresión de su mirada, pude darme cuenta que yo también ya era una venadita.

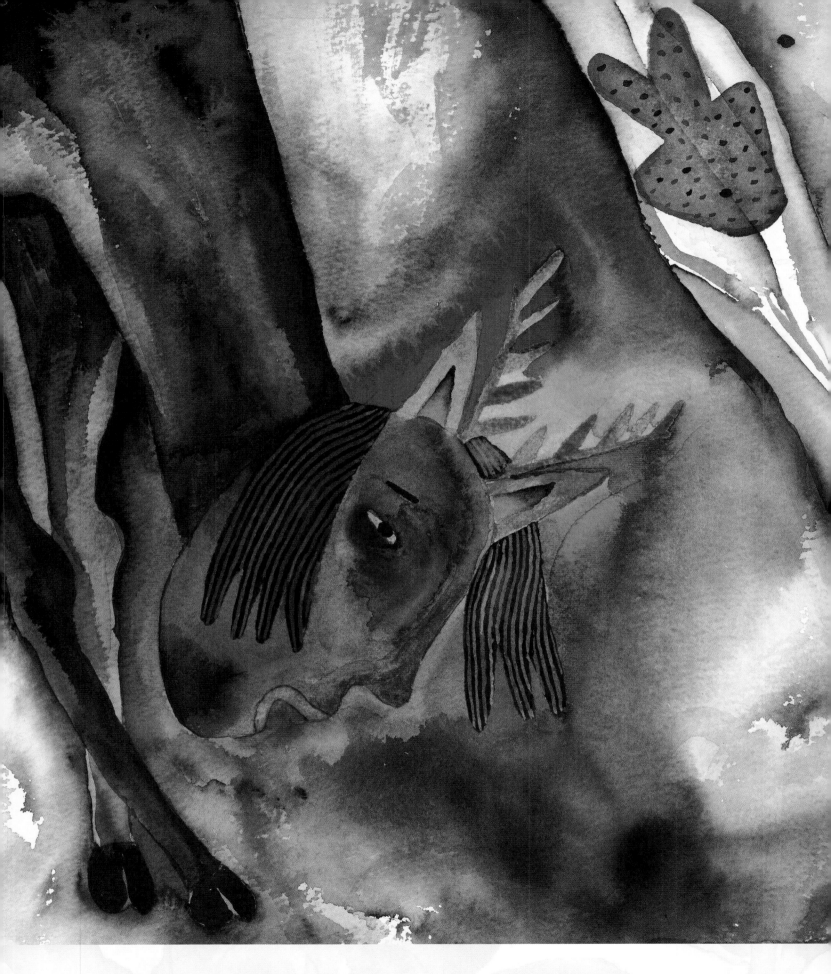

Después de un rato de caminar por la selva, a la orilla de un riachuelo nos topamos con una coralillo que, al vernos, muy quieta se quedó. Detuvimos nuestros pasos frente a ella y pregunté: "Pequeña víbora, ¿no has visto a mi papá?", a lo que respondió:

"No tan cerca debe andar pero, si el Chicón lo permite, de
seguro lo encontrarán. ¡Sigan andando y lejos llegarán!" Eso dijo
y desapareció entre la maleza. Mi hermano y yo nos vimos uno
al otro y, en silencio, continuamos por la selva nuestro andar.

En pocas partes la luz del sol tocaba la tierra pues la atrapaba el espeso follaje de los árboles. Todo aquello era tan fresco y tan bonito que el corazón me palpitaba lleno de esperanza.

Después de cruzar un arroyo, y otro, y otro más y de beber agua
en uno de ellos, encontramos a un murciélago durmiendo a la
entrada de su cueva. ¡Qué gracioso se veía, colgado y con sus
patitas para arriba!

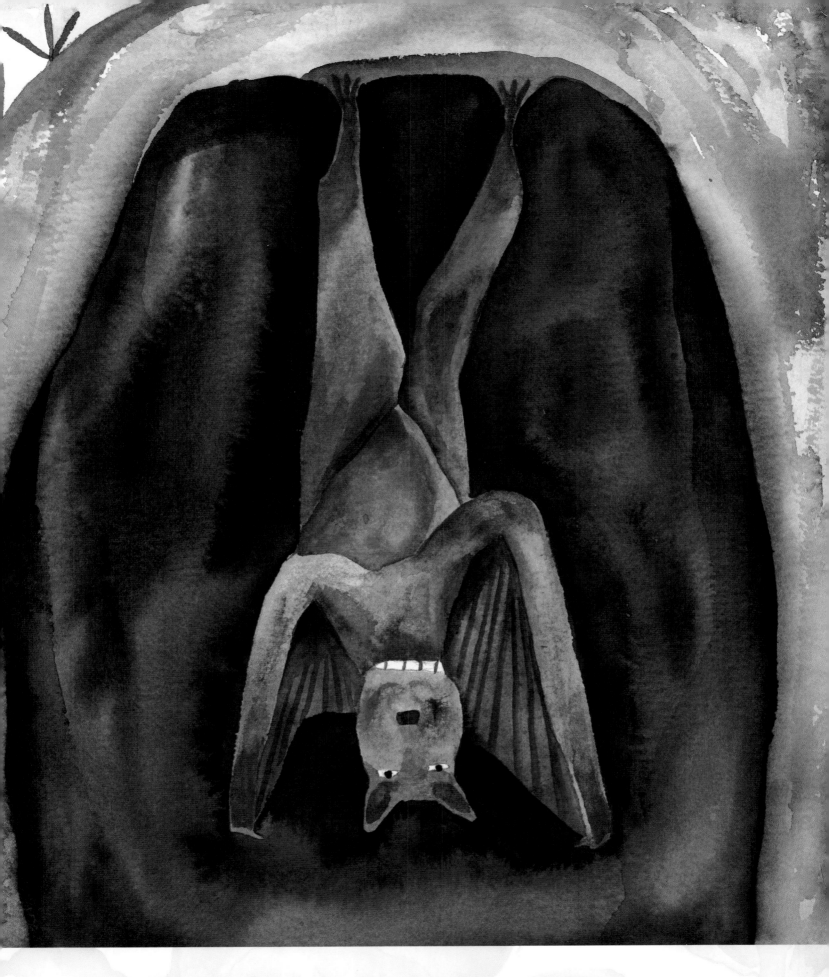

Al oír nuestras pisadas despertó y nos vio. "Murcielaguito,
mi hermano y yo estamos buscando a nuestro padre", le dije.
"¿Sabes tú dónde podremos encontrarlo?"

El animal señaló hacia la tierra con un ala y nos dejó oír su voz
chillona diciendo: "Por arriba debe andar, sentí sus pasos en el techo".

Y yo, que no entendía lo que me hablaba pues decía "arriba" señalando para abajo, me agaché metiendo la cabeza entre mis piernas para ver el mundo al revés, como él seguramente lo veía.

Sólo así lo comprendí. "Gracias, señor murciélago", le dije.
Ya nos alejábamos cuando su voz de ratón volvió a escucharse:
"¡Sigan andando y lejos llegarán!"
Y así lo hicimos. Nuestro caminar fue largo, tan largo que al fin

el cansancio nos hizo echarnos en un montón de hojas secas.
Gozábamos de una tibia mancha de sol sobre nuestros cuerpos
cuando vimos salir al claro de la selva un simpático animal
con armadura muy bonita.

Era una toche madre seguida de una fila de tochitos, cinco pequeños armadillos. "Señora toche", preguntó Niclé, "¿podría decirnos dónde está nuestro namí?" Pero ella ni siquiera nos miró. "¡Señora armadillo, por favor!", le dije yo.

Y nada respondió, siguió como si no existiéramos para ella.
De plano, les grité desesperada: "¡¡Niños, armadillitos!!" Pero
ellos siguieron sin voltear, caminando detrás de su mamá hasta
llegar a un agujero en el que se metieron.

Mi hermano y yo volvimos a mirarnos, pero esta vez desalentados. Nuestros pensamientos se ahogaban de tristeza cuando de la madriguera de los toches salió la voz de la madre diciéndoles a sus críos: "¡Por fin está completa la familia!"

Después sólo se oyó el silencio de las frondas movidas por el viento.
Pero al poquito rato volvió a salir del hoyo la voz de la armadillo
madre gritándoles tan fuerte a sus criaturas que se cimbró la tierra:
"¡POR FIN ESTÁ COMPLETA LA FAMILIA!", dijo.

Igual que si mil hormigas mordieran nuestras piernas, oyendo
esto nos levantamos y le dije a mi hermanito: "La madre toche
nos está diciendo que...", "¡¡que mi namí ya está en la casa!!",
completó Niclé.

"¡Ggrraacciiaass, sseeññoorraa!", dijimos a un tiempo y volvimos sobre nuestros pasos a todo correr. Cruzamos de un salto cada arroyo sin tocar sus aguas y pronto llegamos a la playa Shcuá.

Al salir del monte sentí entre los dedos de mis pies descalzos
la caliente arena. Ya éramos personas otra vez.

Las garzas saludaban con graznidos nuestro regreso. Tomé mis
cosas de la escuela, desaté la balsa y abordamos.

Fue muy fácil navegar río abajo. Peces, caracoles, tortugas
y camarones, nadaban a los lados de nuestra barca. Nos
acompañaban como hermanos nuestros, como hijos
de la misma madre, de la Tierra.

Cuando llegamos al pueblo, fijamos bien la balsa en su lugar,
después corrimos hacia la casa. Allí todo era fiesta. Nuestra
familia y los amigos de mi padre bebían pozol y muy alegres

conversaban. No me importó en ese momento saber lo que a mi namí le había ocurrido. Lo principal era que estaba con nosotros y que se veía feliz, contento entre su gente.

Al vernos llegar, mi naá se puso seria y se acercó a nosotros.
Me preguntó: "Napí, ¿fuiste a la escuela?"
Y yo le dije: "No, mamá". Así le dije porque, aunque me gusta
soñar, no me gusta mentir.

Naá: mamá en lengua mazateca
Namí: papá en lengua mazateca
Chicón: nombre de temido espíritu, dueño de la tierra
Jonote: árbol de la familia Ficus
Shcuá: garza en lengua mazateca
Pozol: bebida indígena hecha a base de maíz